Serons-nous vivantes
le 2 janvier 1950?

DU MÊME AUTEUR

LE PLUS BEAU MÉTIER DU MONDE, Olivier Orban.
DIEU EXISTE, JE L'AI TOUJOURS TRAHI, Olivier Orban.
DIEU N'A PAS FAIT LA MORT, Grasset.
MAIS SI, MESSIEURS, LES FEMMES ONT UNE ÂME,
    Grasset.
POURQUOI M'AS-TU ABANDONNÉE ? Grasset.

FRANÇOISE VERNY

Serons-nous vivantes
le 2 janvier 1950 ?

Préface de Patrick Modiano

BERNARD GRASSET
PARIS

C'est à la maladie que ce texte doit de ne pas avoir été publié du vivant de son auteur.

En accord avec ses proches, nous avons choisi de l'éditer dans sa forme brute, tel que Françoise Verny l'avait laissé, à l'image de la mémoire et des sentiments dont elle a voulu témoigner.

L'éditeur.

à mon amie assassinée.

A mon fils Jean-Pierre sans
qui ce récit n'existerait pas. Il
m'a incitée à l'entreprendre
et m'a poussée à persévérer
quand je me décourageais.
A lui, je dois ce livre.

J'ai l'impression de renouer le fil d'un dialogue interrompu.

Françoise Verny, après la lecture de *Dora Bruder*, m'avait écrit que ce livre réveillait chez elle le souvenir de Nicole Alexandre, sa meilleure amie du lycée Jules-Ferry, déportée à Auschwitz dans le convoi du 20 novembre 1943. Nicole Alexandre avait deux ans de moins que Dora Bruder. Une phrase du livre – m'écrivait Françoise – avait trouvé un écho particulier dans son esprit : «Il doit bien exister aujourd'hui à Paris, ou quelque part dans la banlieue, une femme qui se souvienne de sa voisine de classe ou de dortoir d'un autre temps. »

«Une fois Nicole disparue en 1945 – écrit Françoise Verny – je n'ai plus pensé à elle. » Il semble que dans un premier temps, l'on cherche à se protéger contre un souvenir dont on a le vague pressentiment qu'il sera le plus douloureux et le plus déterminant de votre vie. Et d'ailleurs, en 1945, la mémoire individuelle était au diapason de la mémoire collective : ni l'une ni l'autre n'étaient encore prêtes à affronter Auschwitz, sur lequel était paru, au mois de juillet, un premier témoignage, celui d'une certaine Pelagia Lewinska, où il n'était pas question des Juifs mais des déportés politiques.

On préférait garder le silence. On voulait presque oublier. On n'avait pas encore trouvé les mots.

Il aura fallu à Françoise Verny près de soixante ans pour trouver les mots. Des mots d'une très grande précision, qui nous font comprendre que sous cette carapace de fausse amnésie, le souvenir de Nicole, à l'état latent, son souvenir « dormant », ne l'avait jamais quittée. Françoise nous transmet le présent de 1942, si différent de celui que l'on peut imaginer ou reconstruire a posteriori. Un présent où l'on rentre chaque soir du lycée par le même chemin. De la place Clichy jusqu'à la cité Tocqueville, là-bas, à droite, après la tranchée du chemin de fer de Ceinture. Les jours de congé, on porte une robe bleue à pois rouges, comme aux époques heureuses. Autour de vous, un Paris silencieux et sans regard.

Un présent à l'image des quelques lettres de Nicole à Françoise, en apparence de simples lettres de lycéenne : « Je lis en ce moment *Via Mala* de John Knittel. » « Je vais faire un tour de bicyclette avec mon cousin. » Un ton calme et détaché, quelquefois enjoué, pour se donner du courage et s'efforcer de considérer à distance le malheur environnant — alors qu'il s'agit du vôtre. « Faisons un pacte : ne jamais parler cafard. Ce sont des choses qu'on garde pour soi. » A cette époque, même entre amis intimes, on gardait une sorte de réserve concernant les choses graves, dont on parlait à demi-mot. Les dire d'une manière trop explicite vous mettait en danger ou risquait de vous porter malheur.

Nicole écrit aussi : « Tu dois être au courant des nouvelles mesures concernant les juifs : on leur coupe le téléphone et ils ne peuvent faire leurs courses qu'entre 3 et 4 heures. Je plains quand même ces pauvres gens. »

Et à Drancy, Nicole écrira du même ton, comme si elle ne voulait pas effrayer Françoise et céder elle-même au découragement : « 27.2.43. Ma chère vieille Françoise, excuse-moi après 3 mois d'internement de n'avoir pas encore écrit. Ne crois pas que nous soyons enfermés dans une chambre et que nous soyons affamés. On a à Drancy une grande liberté et on n'est même pas obligé d'être rentré à 8 h! J'étudie un peu mais ça ne vaut pas les cours de Jules Ferry que je regrette, je te le jure… »

Elle tente d'échapper en pensée à ce

présent atroce et à plusieurs reprises,
elle indique la date et l'heure d'un
rendez-vous qu'elle donne à ses amies,
très loin dans l'avenir.

Patrick Modiano

27.2.43. Ma chère vieille Françoise. -
Excusez-moi après 3 mois d'internement
de n'avoir pas encore écrit. Mais c'est
difficile. - Nous avons toujours quelque
chose à demander à Alberte. ~~[raturé]~~.
Pendant que j'en suis à ces questions
tu recevras dans cette lettre des
étiquettes. Pourrais-tu être assez gentille
pour les apporter aussitôt à Alberte
car sans ça je ne pourrais pas
recevoir de colis. Ceci dit parlons
d'autre chose. Ne crois pas que nous
soyons enfermés dans une chambre
et que vous ~~[raturé]~~ soyons affamés.
On a Drancy une grande liberté et
on n'est même pas obligé d'être rentré
à 8h! J'étudie un peu mais ça
ne vaut pas les cours de Jules Verny
que je regrette, je te le jure.
À propos donne le bonjour de ma

Fac-similé de la lettre de Nicole Alexandre adressée
à Françoise Verny de Drancy le 27 février 1943.

part à ces bonnes vieilles ? A et à leurs
profs, si tu veux. Je travaille aussi à
aider au camp les vieux étrangers
arrivés il y a 15 jours. A propos
de Suzanne Roznik est au
camp. C'est en parcourant la pièce au bureau
que je m'en suis aperçue. C'est une femme
très, très gentille. Qu'est ce que tu fais ?
tu travailles bien ? Que lis-tu en ce moment ?
moi, ai lu la première partie de L'idiot
(Dostoïewski), ne fais pas attention à
l'orthographe) et je vais lire la Reine
morte de Montherlant. J'ai lu aussi
Nêne de Pérochon. On peut recevoir un
livre par colis de linge. dis le à Albert
please. Donne moi des nouvelles de tout
le monde, de tes parents, de ton frère, de
mes camarades, des pièces de théâtre que
tu vois, des livres que tu lis. Enfin de
tout et de tout le monde. Mille baisers
Nicole. Mes amitiés à ton frère. Mes respects
à tes parents. Excuse moi de ne pas t'avoir
écrit au départ pour te remercier

I

« *Serons-nous vivantes le 2 janvier 1950 ?* »

Cette phrase, Nicole Alexandre l'a écrite en post-scriptum à la lettre qu'elle m'adresse de Paris, l'été 1942. Elle doit avoir près de quinze ans, j'en ai bientôt quatorze. Je viens de quitter Auxerre où mes parents m'ont « exilée » chez mon oncle Louis et ma tante Mimi ; j'ai rejoint mon frère Jean-Pierre, ma sœur Martine et notre gouvernante, Mademoiselle Lartigau, à Triel, dans la ferme des Darin, des amis de la famille.

Nicole, juive, demeure à Paris dans

son appartement du square de Tocqueville, seule avec sa mère qui l'empêche de sortir et l'occupe comme elle peut, avec des essayages.

Nicole n'est pas dupe mais, touchée par les attentions de sa mère, elle se rapproche d'elle.

Je l'ai connue coquette l'espace d'un été, préoccupée exclusivement, semble-t-il, d'une jupe plissée, d'une robe bleue à pois rouges et d'une robe de chambre bordeaux.

« Serons-nous vivantes le 2 janvier 1950 ? »

Nicole me fait la grâce d'unir nos destinées. Je ne cours aucun risque, elle ne le sait pas.

Le 2 janvier 1950, je suis vivante. Nicole a été gazée six ans auparavant. Je me refuse alors à évoquer ceux qui ont été sacrifiés et je ne pense qu'à l'avenir radieux de l'humanité.

Il me faudra des années pour faire revivre la petite morte, ressuscitée par la Shoah, oui, ressuscitée par la Shoah.

Le 2 janvier 1950, j'ai effacé Nicole. Elle est anéantie. Françoise Sigwalt et Claire Schiff l'ont remplacée dans mon cœur.

Nos destins se sont séparés. Je ne suis pas juive. On a éliminé Nicole parce qu'elle est Nicole, et je ne le sais pas. Le « nous » n'existe plus. Condamnée au non-être par l'antisémitisme, Nicole crève. Je reste vivante.

Nous ne sommes pas de la même nature – pour les nazis, s'entend.

Des hommes. Des sous-hommes. Des non-hommes. Je hurle à la vue de ce jeune soldat allemand qui rigole au milieu de ses camarades hilares en tirant sur la barbe d'un vieux rabbin humilié : en 2000, l'exposition itinérante consacrée à la Wehrmacht de 1941 à 1944 nous livre l'insoutenable, le mal dans sa banalité. Les tortures m'horrifient moins que ces scènes où la volonté d'abaisser autrui transparaît clairement. Je n'excuse pas les bourreaux mais ils ne sont pas légion, tandis que chacun pouvait être tenté de tirer sur la barbe du rabbin sans se sentir damné.

« *Serons-nous vivantes le 2 janvier 1950 ?* »

J'étais hantée par cette question lorsque j'entrepris d'écrire ce livre. J'en connaissais la réponse ; elle était morte, moi vivante.

Au printemps 1997, Patrick Modiano m'adresse son livre *Dora Bruder* avec une dédicace amicale. Nous nous sommes déjà rencontrés chez Gallimard. C'est la première fois qu'il m'envoie une œuvre de lui. Pressent-il le choc qu'il va provoquer ?

L'histoire de cette adolescente juive sous l'Occupation, qui fugue et oblige son père à faire appel aux autorités officielles, me bouleverse. En un sens, Dora n'avait pas le droit de commettre les mêmes bêtises que ses contemporaines aryennes. Mon amie Nicole Alexandre n'aurait pas dû s'associer à mes sottises au lycée Jules-Ferry, il y a près de soixante ans. La directrice du lycée l'a compris, qui n'a sanctionné que moi, refusant d'exclure une enfant déjà maudite. Si nos imbécillités de collégiennes ne sont pour rien dans la déportation de Nicole, Dora aurait peut-être survécu sans ses fugues. Mais pourquoi deux jeunes filles n'auraient-elles pas eu droit aux gamineries de leur âge ?

Dora. Nicole. J'ai répondu à Patrick Modiano en associant ces noms, ces deux destins. Il rappelait à la mémoire collective le nom d'une jeune fille qu'il ne connaissait pas ; je refoulais de mes propres souvenirs celui d'une compagne que j'avais aimée. Quelques mois plus tard, Modiano m'écrit qu'il a retrouvé la trace d'une Nicole Alexandre, de deux ans plus jeune que

Dora : elle habitait dans le XVIIe arrondissement, 2, square de Tocqueville. Etait-ce bien la mienne ?

C'était bien la mienne. J'ai fouillé dans mon grand placard, retrouvé dans un dossier épais une mince chemise, « Nicole A. », et là, le billet qu'elle m'envoya de Drancy le 22 février 1943. Quelques lettres ou bouts de lettres écrites au cours de l'été 1942 l'accompagnaient. Sans rien pressentir de ce qui allait advenir, nous nous étions fixé un rendez-vous auquel était également conviée une autre camarade du lycée Jules-Ferry, Andrée Guichard, le 2 janvier 1950, à douze ou quatorze heures.

Nous ne pensions pas que la guerre allait durer, nous ne pensions pas être séparées. A la fin d'une de ses lettres, sans lien apparent avec la légèreté générale du propos, une phrase laissait cependant percer l'angoisse :

« Serons-nous vivantes le 2 janvier 1950 ? ».

Nous voulions espérer contre tout. En 1950, âgées de plus de vingt ans, le monde nous appartiendrait, à Nicole et à moi, qui assouvirions nos grandes et petites ambitions. Oui, nous voulions espérer.

Grâce à Patrick et à Dora, je revis mes treize ans avec Nicole, vite oubliés, longtemps reniés. Une fois Nicole disparue en 1945, je n'ai plus pensé à elle. A la fin de la guerre, j'ai appris qu'à l'arrivée du train des déportés, elle avait suivi sa mère, désignée pour être immédiatement éliminée. Je n'ai pas été bouleversée. Je n'ai pas essayé de revoir Simone, sa cousine germaine, restée à Drancy, qu'elle aimait

tendrement et que je croyais toujours
vivante. Prise par de nouveaux enga-
gements, de nouveaux attachements,
j'ai évacué Nicole pendant plus de
vingt ans.

En 1967 ou 1968, peu de temps
avant la mort de mon père, je reçus un
manuscrit d'un journaliste, P. Il y pré-
tendait que les Israéliens s'étaient ser-
vis des victimes de la Shoah comme
alibis, quand les bourreaux nazis avaient
transformé leurs peaux pour en faire
des abat-jour : même démarche, en
somme.

J'explosai de fureur, manquai à la
plus élémentaire réserve éditoriale et, à
un dîner où j'avais convié, outre mes
parents, Bernard Privat, alors P.-D.G.
des éditions Grasset, et sa femme Jean-
nette, je m'effondrai en racontant
l'histoire. Je hurlai le nom de Nicole

que je croyais enfoui dans l'oubli, sortis de mon grand placard le dossier « Lettres d'amies », en tirai une mince chemise « Nicole A. » et exhibai triomphalement devant mes hôtes médusés le petit bout de papier sur lequel à Drancy, le 27 février 1943, Nicole avait écrit son dernier message. Elle ne m'en adressa plus d'autre, ou du moins je n'en reçus plus d'autre.

Pauvre P.! Je lui ai pardonné ces mots terribles mais ne les ai jamais oubliés. Ce n'était pas Nicole seule qu'il avait outragée, c'étaient, à travers elle, toutes les victimes du mal, assassinées aussi bien en Afrique qu'en Bosnie. Nicole, victime expiatoire de toutes les misères du monde, Nicole, symbole de toutes les victimes de l'univers. Je l'écarte donc sans cesse. Elle incarne le problème du monde, celui que j'ai occulté par paresse, lâcheté, idéalisme. Je dis idéalisme, je devrais écrire illusions : illusions meurtrières — je croyais sauver le monde, je l'enfonçais.

Je ne sais si les crimes de Staline valent ceux de Hitler, mais ce sont ceux-ci qui m'ont appris l'horreur. Pour moi, l'atrocité porte toujours le masque du nazisme. J'ai passé ma vie à essayer de ne plus y penser. J'ai passé ma vie à oublier Nicole et j'y suis parvenue. Je ne sais quasiment rien d'elle. Aucune enquête, diligentée près de soixante ans après, ne me la rendra. Je n'en obtiendrai que quelques malheureux souvenirs.

Ma Nicole n'était qu'assoupie au fond de ma conscience. Elle se réveille brutalement quand je tente de la gommer. J'y ai renoncé. Elle me torture maintenant sans me convaincre. Elle me hante sans que je puisse assumer sa présence. J'ai songé, tout un temps, à étayer mon récit sur le dernier billet : «*27.2.1943*». Mais il ne contient rien de personnel – des lectures – et il se veut résolument optimiste : nous nous reverrons quand le temps des épreuves sera achevé. Dans l'intervalle, elle souhaite que je la tienne au courant de mes activités intellectuelles, pour ne pas être «*dépassée*»...

J'avais écrit à Patrick Modiano pour lui demander un rendez-vous. Il ne m'a pas répondu. A-t-il compris que ma trahison à l'égard de Nicole requérait un tête-à-tête entre elle et moi, dans la mémoire et l'imaginaire ?

A quatorze ans, en classe de 4ᵉ, nous sommes, Nicole et moi, deux gamines pataudes. Je la revois, promenant son corps assez lourd, dans la blouse beige, l'uniforme du lycée Jules-Ferry. Des lunettes éclairaient son visage parsemé de taches de rousseur qui semblaient faire écho à ses cheveux châtains.

Je me suis souvent demandé si Nicole, en décrivant sa situation à Drancy, n'a pas « embelli » la réalité. J'ai lu sur Drancy de nombreux témoignages. Certes, il ne s'agissait pas d'un camp d'extermination, mais les internés vivaient dans la peur des convois qui les entraînaient vers l'inconnu, un inconnu dont ils ignoraient pourtant la tragique horreur. Ils étaient soumis à une surveillance constante.

Je pense et j'espère que Nicole et sa mère, grâce aux fonds dont elles disposaient par l'intermédiaire du commissaire gérant des biens de Monsieur Alexandre, ont échappé aux tracasseries administratives.

J'ai ressorti du placard le petit bout de papier sur lequel les mots s'entassent : dix centimètres de haut, cinq de large, le dernier, le seul message reçu de Drancy.

Pas trace d'un garçon. Des livres,

rien que des livres. Nicole veut tout me dire de ses conditions d'internement avec sa mère, sa tante et sa cousine Simone. Son père est déjà parti en déportation.

« *27.2.43 : Ma chère vieille Françoise* ».

Nicole est toujours dans mon cœur, et je ne le supporte pas. Plus de vingt ans après, l'épisode du journaliste P. le montre : la blessure Nicole Alexandre n'est pas cicatrisée. Il suffit d'un rien pour la raviver, de propos imbéciles par exemple.

Patrick Modiano, lui, avait reconnu son existence. En dehors de moi. Puisqu'elle ressuscitait, je devais ressusciter notre amitié, cette amitié si éphémère, et pourtant si durable.

Ma Nicole…

Je l'ai connue à l'automne 1940, au lycée Jules-Ferry, place Clichy. Nous étions, toutes les deux, inscrites en 5ᵉ A, français-latin, anglais. Je n'avais pas fait de 6ᵉ puisqu'à Moissac j'étais en classe de certificat d'études, mais ma mère avait argué des leçons particulières de latin reçues là-bas pour obtenir mon passage en 5ᵉ. Elle avait choisi le lycée Jules-Ferry plutôt que le lycée Racine, pourtant beaucoup plus proche de la maison, parce qu'elle-même y avait terminé ses études secondaires et n'en avait pas gardé un bon souvenir.

La 5ᵉ pour moi est marquée, illuminée, pourrais-je écrire, par la présence du professeur de français-latin, Marie-Jeanne Aucouturier, une jeune femme austère pour laquelle je me prends de passion. J'obtiens le prix d'excellence à la fin de l'année.

C'est en 4ᵉ que je me lie d'amitié avec Nicole qui a, comme moi, choisi l'option « latin-grec ».

Ma Nicole a disparu. Anéantie par l'Histoire. Et près de soixante ans après, elle ressuscite dans mon esprit et mon cœur. Je ne cherche pas à la baptiser : comme mes amies Rastoin, les traductrices d'Edith Stein, je déteste les chrétiens qui tentent de récupérer les victimes juives de la Shoah. Elle a souffert comme le Christ, injustement, elle a enduré comme Lui les pires tortures jusqu'à la mort. Sans doute ne savait-elle pas pourquoi elle les endurait mais, à sa manière, elle payait pour tous, les bourreaux compris. La Croix était posée sur elle comme sur tout le peuple juif, selon les mots d'Edith Stein. Et, si présente tant de temps après, ma petite amie de jadis témoigne de la communion des saints malgré sa judaïté, par sa judaïté. Comme moi, fille de Dieu. Mieux que moi, martyre de Dieu. Nicole, ma grande sœur, tu m'attends, tu veilles sur moi.

J'aurais dû, depuis longtemps, comprendre notre parenté car moi aussi, je suis juive — juive par ma mère, comme on doit l'être.

En juillet 1977, ma mère rêvait pour nous de vacances en Israël, dans l'intention, explicite, de retrouver la terre de nos ancêtres. J'ai rejeté cette proposition parce que je ne croyais pas qu'elle supporterait le voyage (j'avais raison), mais je regrette que ce pèlerinage n'ait pas eu lieu, même si sa signification religieuse demeure floue.

Juive par ma mère, elle-même de mère juive.

Dès ma petite enfance, j'ai su qu'il y avait des Juifs : ma grand-mère maternelle, que j'aimais beaucoup, était juive, on ne me le laissait pas ignorer. Je ne voyais pas en quoi cette qualité la différenciait des autres, de mes parents qui n'allaient pas à la messe, ni ne se proclamaient chrétiens. Elle ne pratiquait aucun rite, ne se rendait à aucune cérémonie religieuse. Jusqu'à l'âge adulte, je n'ai pas su précisément ce qu'étaient un rabbin, elle n'en recevait pas, ni une synagogue, elle ne s'y rendait pas. Comme mon père et ma mère, qui s'étaient pourtant mariés à l'église catholique et avaient fait baptiser leurs enfants, elle n'affichait aucune conviction religieuse. Le milieu dans lequel j'évoluais était avant tout imprégné d'esprit laïc, même si les convenances restaient marquées par la tradition chrétienne. Juive, mariée à un Juif, son second mari, le beau-père de Maman, elle semblait porter une marque à laquelle ne correspondait aucune réalité visible : cette jolie femme au profil très fin, loin d'évoquer les caricatures nazies, ne se distinguait en rien des amies de ma mère, Anne-Marie Lagrange, Renée Peuteuil, Nicole Patel. Comme elles, elle menait une existence bourgeoise. Assimilée, complètement assimilée, tout comme son mari, son fils, sa sœur…

Cette grand-mère si bien intégrée, Madame René Waal Timmory, qui portait à la suite le patronyme et le pseudonyme littéraire de son second mari, était pourtant la fille d'un rabbin néerlandais défroqué. Un samedi de l'an 1870, Monsieur Goldstein, rabbin à Sittard, fut soudain pris par l'envie de manger du porc. Au dire de ma grand-mère, il était grand lecteur d'Ernest Renan. Sentant que Yahvé l'abandonnait, il renonça à sa fonction, quitta sa ville, son pays et se rendit à Paris, à pied. Il y arriva pour la Commune : là, ce grand athlète blond, soupçonné d'être un espion allemand, fut emprisonné jusqu'à ce qu'Ernest Renan le fît relâcher et lui fournît un poste de correcteur d'hébreu à l'Imprimerie nationale. Satisfait de ce gagne-pain, pourtant bien modeste, il se maria quelque temps après. De cette union naquirent deux filles : Suzanne, ma grand-mère, née en 1878, et Myriam, sa sœur.

Mon arrière grand-mère — je ne l'ai pas connue, hélas, pas plus que son époux — était une femme de caractère, comme le furent à sa suite ma grand-mère et ma mère. Elle ne voulait pas que ses filles subissent une aussi pauvre destinée que la sienne. En secret de son mari, qu'elle considérait comme un médiocre incapable de gagner sa vie, elle poussa son aînée à se présenter au Conservatoire d'art dramatique. Je l'imagine truquant les comptes du ménage pour permettre à la petite de préparer son concours... A dix-neuf ans, Suzanne, deuxième prix de comédie, fut admise comme pensionnaire au Théâtre national de l'Odéon, à l'époque deuxième théâtre national de France. Restait à obtenir l'autorisation paternelle, la jeune fille étant mineure. Le directeur exigea cependant qu'elle adoptât un pseudonyme : en pleine affaire Dreyfus, il ne faisait pas bon afficher des noms juifs. Le rabbin défroqué opposa un refus catégorique au fonctionnaire : « Ma fille n'abandonnera pas ses frères de race en pleine tourmente. »

Ma grand-mère dut renoncer à une carrière officielle et se contenter du théâtre de boulevard, où, dit-on, elle connut fort bien Tristan Bernard. En 1899, elle rencontra au théâtre de la Monnaie, à Bruxelles, un Monsieur Lacan, mon futur grand-père, à l'époque fils de famille dévoyé et oisif, qui tomba amoureux d'elle et lui fit une fille, Simone. La jeune comédienne obtint le mariage. Il abandonna bien vite la mère et l'enfant.

Ma grand-mère se remaria avec un normalien, auteur dramatique juif à succès : René Waal, dit Gabriel Timmory, rendu alors célèbre par sa pièce *Le Cultivateur de Chicago*. Il lui assura une vie stable, elle lui donna un fils, François. Ma mère Simone, élevée par son beau-père — les Lacan ne la reconnurent qu'à son mariage —, vécut dans un milieu juif.

Après la guerre de 1914, ma grand-tante Myriam épousa un commerçant protestant richissime, Charles Speyer, le roi du sucre. Epris en secret de sa belle-sœur Suzanne, réprouvant le milieu dans lequel elle évoluait et qu'il pensait futile, il lui fit abandonner le théâtre et l' « entretint » sur un assez grand pied, en accord avec son mari. Le mécène installa la famille à Neuilly, au 3, rue Pierre-Chereste, et paya les études de médecine de ma mère.

Chère grand-mère, vieille dame si charmante ! Au cours de l'année scolaire 1938-1939, je prépare ma première communion à l'église Saint-Augustin : tu viens me chercher le lundi soir à la sortie du catéchisme, tu m'offres un pain au lait, un chocolat à la crème et tu m'écoutes — j'ai appris des scènes entières des *Fâcheux* de Molière et je te les récite avec conviction. J'ai décidé de devenir comédienne comme tu l'as été (tu me l'as confié) et tu guides mes premiers pas dans le « milieu ». De satisfaction, je frotte ma joue contre ton renard. La complicité qui naît alors durera jusqu'à ta mort, dans les années 1960 : tu as quatre-vingts ans passés, et depuis l'Occupation, tu n'as plus quitté le sud de la France.

Mes parents se rencontrent à la fin de leurs études : à vingt-cinq ans, ils sont tous deux internes en médecine et songent à ouvrir un cabinet.

Mon père, Pierre Delthil, d'une vieille famille du Sud-Ouest, est fils d'un médecin installé à Briare dans le Loiret, et gagné, sous l'influence de sa mère, à la foi catholique – à l'opposé de la tradition familiale qui voulait que les femmes fussent pieuses et les hommes libres penseurs. Elevé dans un collège religieux à Pont-le-Voy, mon père poursuit ses études supérieures à Paris, chez son grand-père,

radical-socialiste, franc-maçon, drey-
fusard, séparé de son épouse légi-
time, laïc dans tous les sens du terme.
C'est l'esprit de ce grand-père dont il
subit fortement l'influence que Pierre
retrouvera plus tard chez son parent,
le député puis sénateur Roger Delthil.

En 1927, le mariage de mes parents
est célébré dans le respect des conven-
tions : ma mère est baptisée par l'abbé
Lemarier, aumônier de l'école Féne-
lon. L'union est consacrée en l'église
Saint-Augustin, en présence de mes
grands-parents maternels, ravis, et
d'une famille Delthil satisfaite. L'oncle Speyer, qui ne dissimule pas sa joie
d'avoir arraché sa nièce à un milieu
juif qu'il trouve médiocre, offre à mes
parents, en signe de contentement,
deux appartements, au quatrième
étage de la rue de Naples, dans le

VIIIe arrondissement, non loin du parc Monceau. C'est au deuxième étage du même immeuble que j'habite encore aujourd'hui.

Je vois le jour un an plus tard, suivie de près par mon frère Jean-Pierre. Notre sœur, Martine, naîtra en 1937.

Ma mère joue le jeu : c'est elle qui « organise » ma première communion solennelle, que se doit d'accomplir toute fillette de la bonne bourgeoisie, mais elle refuse que j'y consacre trop de temps. Au cours de l'été 1937, que nous passons à Cabourg, elle me fait donner des leçons particulières de catéchisme qui réduisent ma préparation religieuse à une année. Je me rappelle cette courte initiation cabourgeoise qui provoqua chez moi une crise mystique très éphémère : ma mère et son meilleur ami, le professeur

Pierre Dreyfus Le Foyer, avec qui elle partageait la maison de vacances, me moquaient. Mon enthousiasme prit brusquement fin lorsqu'à la rentrée scolaire j'intégrai le cours normal du catéchisme : ma vocation n'avait duré que le temps d'un mois d'août. Je gagnai toutefois une belle robe de mousseline blanche… et de nombreux cadeaux, offerts par la famille et les amis, de confessions diverses, ou bien souvent athées.

Jean-Pierre, de deux ans mon cadet, fut dispensé de ces formalités : seule la vertu des filles avait besoin du soutien de l'Eglise… Ma sœur, son tour venu, subit la règle commune.

Mon frère et moi avons eu une enfance heureuse, choyés par des parents qui gagnaient bien leur vie et prenaient le temps de s'occuper de nous malgré leurs occupations professionnelles. Mon père était pédiatre. Ma mère, ophtalmologiste, plus ambitieuse et plus titrée, était interne des hôpitaux. Elle deviendra par la suite chef de service, exerçant de surcroît pour une clientèle privée. Nous ne fûmes jamais abandonnés à des gouvernantes, même si gouvernantes il y avait.

A l'exception de celui que nous considérerons comme un grand-oncle, Roger Delthil, notre famille paternelle fut, pour nous, peu présente. Le grand-père, Paul Delthil, mourut en 1934 (je n'avais pas six ans) et sa femme Amélie en 1937. Je ne garde que des souvenirs épars de Briare : bonne maman Chenu (la mère de ma grand-mère) me promet une récompense contre une dent de lait déposée sous l'oreiller… Je ne revis plus guère mes oncles et tantes, brouillés avec mes parents pour cause d'héritage, sauf ma tante Mimi, la plus jeune sœur de mon père et ma marraine, qui avait, elle, le culte de la famille.

Au contraire, Suzanne et Gabriel Timmory incarnaient de véritables grands-parents : ils nous gâtaient, nous emmenaient au cinéma voir des films pour enfants avec Shirley Temple, au théâtre du Petit Monde et, lorsque s'y jouaient des pièces de notre âge, au Châtelet, où mon grand-père avait des places – je me souviens du *Tour du monde en quatre-vingts jours* d'après Jules Verne… Quand j'eus sept ans, ma mère autorisa les visites de son père mais interdit qu'il se fît connaître comme grand-père, par ten-dresse pour celui qui l'avait élevée.

Mon frère et moi l'avions rebaptisé
«le vieux monsieur de la rue de la
Voûte», du nom de la rue qu'il habitait. Mademoiselle Piochaud, notre
gouvernante d'alors, une religieuse
défroquée, aigrie et bondieusarde, prit
la liberté de nous apprendre qui il
était, ce qui, loin de nous bouleverser,
nous amusa : nous gardâmes ce secret
sans en rien dire à nos parents. C'est
aussi cette Mademoiselle Piochaud
qui, sans doute à la même époque, tint
absolument à ce que nous n'ignorions
pas le nom de notre arrière-grand-père
maternel, le rabbin Goldstein...

Nous passions nos vacances à la
mer, à Saint-Jean-de-Monts, à Cabourg, ou à Jullouville. Le dimanche,
nous quittions souvent Paris pour le
grand air, et c'était parfois l'occasion
de petites expéditions : à la Pentecôte

1939, mon père décida, pour nous dégoûter de la guerre, de nous faire visiter les champs de bataille de 1914-1918, Metz, Verdun. Nous fûmes très impressionnés par les tranchées, le fort de Vaux, d'où le commandant Raynal avait envoyé son dernier pigeon voyageur annonçant le désastre, et nous nous régalâmes de gros boulets en chocolat achetés à Nancy. Je ne sais si mon frère et moi prîmes les combats en horreur : mon père, le cher homme, toujours généreux et naïf, croyait en la pédagogie, dût-elle porter ses fruits tardivement. C'est Hitler qu'il eût fallu convaincre.

La guerre nous surprend en vacances à Moissac dans la propriété du

« grand-oncle » député du Tarn-et-Garonne, Roger Delthil. Papa est mobilisé en tant qu'officier, Maman, à titre civil, à l'hôpital Tenon : ils doivent rentrer à Paris et décident de laisser leurs enfants aux soins de la gouvernante d'alors, Mademoiselle Lartigau. Nous passons près d'une année chez Roger, souvent appelé à Paris pour siéger, sa femme Isabelle et leur fille Henriette, mariée au procureur de Bordeaux, Henri Lamartinière, alors aux armées.

En dépit de mon âge – j'ai bientôt onze ans –, je suis en classe de certificat d'études à l'école communale de la rue Poumel, en face de la maison : compte tenu de ses convictions, Roger Delthil a refusé de m'inscrire en 6ᵉ au collège catholique de la ville ; il me fait toutefois donner des leçons de latin par l'archiprêtre de la cathédrale afin que je ne perde pas mon temps. Je chéris mon institutrice, Madame Durras, et m'amuse beaucoup avec la fille du secrétaire de la mairie, Darrac.

Mais mon affection la plus grande va à Roger Delthil, ce solide gaillard aux cheveux blancs dont je porte toujours la photo dans mon porte-feuille. Je l'appelle et l'appellerai jusqu'à sa mort «Apé». Il me préfère à mon frère Jean-Pierre, plus réservé. Privé de petits-enfants, il me prend souvent sur ses genoux, me caresse — peut-être un peu trop — et me raconte des histoires, souvent anticléricales, la délivrance de la papesse Jeanne place Saint-Pierre ou le mariage de Bossuet. Apé me fascine. Il hait les curés, mais l'archiprêtre avec qui il joue aux échecs est son meilleur ami. Le dimanche, il envoie les femmes à la messe et attend la fin de la cérémonie, attablé au café d'en face avec mon frère. Il mange du boudin blanc le vendredi saint tandis que nous nous régalons d'une brandade mitonnée par ma cousine Isabelle.

A sa mort, ma mère découvrira dans un dossier daté de 1939 et intitulé « Secret de la défense nationale » des documents concernant ... la campagne qu'il menait pour labelliser le chasselas de Moissac ! Ce fidèle d'Edouard Daladier est plus soucieux du destin de sa ville que de celui de la France. En 1940, il vote la confiance au maréchal Pétain. Lui qui aimait à dire qu'il valait mieux que mon père eût épousé une juive plutôt qu'une protestante de Montauban, se rachètera plus tard en cachant des enfants juifs dans le moulin, une propriété communale.

Je ne me passionne guère pour le chasselas de Moissac, mais j'admire la petite ville, son église et son cloître, dont la reproduction orne aujourd'hui encore mon bureau. J'aurai toujours, même après ma conversion intime, le plus grand respect pour cette tradition républicaine et laïque qui sépare l'Eglise et l'Etat : elle reconnaît l'essentiel dans chacun des ordres. Je ne serai jamais tentée par aucune forme de démocratie chrétienne.

En août 1940, mes parents nous retrouvent à Moissac, où mon père est démobilisé. Le retour à Paris se fait en voiture : Moissac est en zone libre — je n'ai plus souvenir de l'endroit où nous avons franchi la ligne de démarcation et où j'ai vu mon premier soldat allemand. Dans mon esprit, l'armée allemande reste liée au déjeuner du dimanche : boulevard Malesherbes, sous nos fenêtres, un détachement défile en bon ordre, musique en tête. Chaque semaine, jusqu'à la Libération, nous y aurons droit.

Deux départs marquent pour moi cette rentrée 1940. Le professeur Bollach, le patron de maman, chef de service en ophtalmologie à l'hôpital Tenon, doit abandonner ses fonctions parce qu'il est juif. Il quitte Paris avec sa mère et m'offre une superbe trousse de toilette. Le même sort frappe le meilleur ami de ma mère, le professeur Dreyfus Le Foyer, chirurgien en pneumonectomie, qui trouvera refuge en Creuse dans une clinique de Guéret. Les autorités françaises n'ont pas attendu pour exclure les Juifs. Ma mère, pense-t-on, ne risque rien : à « demi aryenne » par son père, mariée à un Aryen, convertie au catholicisme… Nous ne nous sentons pas menacés, nous savons que nos amis le sont, mais nous ne mesurons pas l'étendue du désastre. Pas plus que le professeur Dreyfus Le Foyer qui, après son départ en zone sud, vient, une fois, nous rendre clandestinement visite…

Mes parents sont d'un milieu médical : ni intellectuel, ni militant. Nos amis juifs, nombreux et proches, se sentent « comme tout le monde ». Je ne connais pas l'antisémitisme, ni dans ma famille, ni parmi mes camarades. Il faut les premières mesures antijuives du gouvernement français pour que j'en prenne conscience, mais je n'en comprends pas les causes.

Inscrite alors en 5ᵉ au lycée Jules-Ferry, place Clichy, je me consacre à mon travail avec passion. C'est là que je rencontre Nicole Alexandre. Elle est fille unique, d'un milieu aisé — son père est dans le commerce de vêtements, sa mère ne travaille pas.

Je ne me lie avec elle qu'en classe de 4ᵉ, où sévit un professeur de fran-çais-latin-grec, Mademoiselle Ville-mier, qui deviendra Madame Pariset après son mariage avec un spécialiste de Georges de La Tour. Elue tête de Turc pour son manque d'humour, elle récuse nos ardeurs, les miennes surtout, et s'indigne quand, en dissertation, je mentionne *La Vie de Jésus* d'Ernest Renan comme mon livre préféré. Je lis à tort et à travers et j'affiche des opinions non conformistes qui scandalisent cette pauvre parpaillote. Nicole et moi avons pour complice et amie une boursière, mon aînée de deux ans, Andrée Guichard. Blonde, élancée, elle séduit les hommes – j'en ressens encore de l'aigreur. Nous souffrons bassement de jalousie quand un jeune dirigeant des jeunesses doriotistes vient la chercher. De temps à autre, il s'efforce de gagner nos bonnes grâces et offre à chacune un cornet de glace, chez Luce, rendez-vous des lycéens à l'angle de la place Clichy et de la rue d'Amsterdam. Nous savons Doriot du côté des Allemands, mais ce jeune homme est français, et sa fréquentation nous paraît insignifiante.

Nicole et moi sommes encore des filles empotées : Andrée nous fascine même si nous récusons ses valeurs de séduction pour d'autres, plus intellectuelles. Nous ne connaissons pas sa mère avec qui elle habite et dont je pense qu'elle vit de ses charmes. Elle ne fait pas partie de l'univers bourgeois auquel nous appartenons Nicole et moi : mes parents rencontrent ceux de Nicole — le monde de la confection ne leur est pas étranger : les May, les cousins de Gabriel Timmory, sont du même milieu. Leur judaïté ne nous trouble pas plus, d'autant que Monsieur Alexandre, ancien combattant de la Grande Guerre, pétainiste, croit que le maréchal sauvera les Juifs français et rejette toute idée de quitter Paris pour se réfugier en zone sud. Des Juifs français intégrés et souhaitant l'être plus encore, comme mes grands-parents, comme les amis de mes parents…

Nous bavardons interminablement, Nicole et moi. Chaque soir, je la raccompagne chez elle. Nous prenons le métro place Clichy jusqu'à Villiers : en 1942 je voyage avec elle dans le dernier wagon, réservé aux Juifs. Nous enfilons ensuite la longue rue de Tocqueville et marchons un certain temps jusqu'au square du même nom. Je n'ai jamais plus emprunté ce chemin — je ne sais pas à quoi ressemble aujourd'hui le square de Tocqueville.

Arpentant la rue de Tocqueville dans un sens puis dans l'autre, nous parlons interminablement de nos lectures, très disparates. Je dévore — et Nicole après moi — de bons gros romans étrangers que je chipe dans la bibliothèque de maman, à droite dans son bureau : *Rebecca* de Daphné du Maurier, *Via Mala* de John Knittel. *Les Hauts de Hurlevent* d'Emily Brontë nous fascinent : peut-être sommes-nous amoureuses du héros, une sombre brute civilisée par la jeune Cathy... Nous ne négligeons pas pour autant les livres d'Alexandre Dumas dont mon père me fait cadeau. Admiratrices d'Athos, éprises de d'Artagnan, pleines de mépris pour Raoul, vicomte de Bragelonne, nous nous passionnons aussi pour le Maître de forges, le héros impitoyable de Georges Ohnet.

Dans nos lectures, nous cherchons des maîtres. Nous y puisons la force, la volonté. Nous désirons le pouvoir, et Zarathoustra, le surhomme, est notre idéal : nous nous imprégnons peu à peu de Nietzsche dont j'ai volé les œuvres chez Gibert, les unes après les autres. D'*Humain trop humain* à *La Volonté de puissance*, nous avons trouvé notre prophète, qui nous enseigne le mépris, à nous, jeunes filles à l'âge ingrat.

Nous discutons beaucoup, sensibles aux intentions « informatrices » du maréchal Pétain, hostiles à l'occupation allemande. Traditions familiales renforcées par des choix individuels, nous sommes « anti-boches ». Andrée se destine à la politique. Nicole ne connaît pas encore sa voie. Quant à moi, j'hésite entre politique et écriture : promouvoir ce monde nouveau ou le catéchiser. J'ai même été brièvement royaliste, avec, sans doute, l'idée qu'un roi de France eût gagné la guerre... Notre ambition est grande : nous voulons réformer sinon le monde, du moins la France — désir d'une maturité intellectuelle auquel se mêle beaucoup de puérilité... De toute façon, croyons-nous, notre rendez-vous du 2 janvier 1950 nous permettra de faire le point : nous aurons, Nicole, Andrée et moi, plus de vingt ans. L'âge adulte, nous semble-t-il.

Pour lors, nous regardons la situation d'en haut, avec tout le recul voulu : à l'automne 1942, si nous nous réjouissons du piétinement des troupes allemandes devant Stalingrad — sans doute pensons-nous à Napoléon —, nous n'exultons pas. L'arrestation du père de Nicole, envoyé à Drancy en 1942, ne nous affole pas. Nous espérons sa libération prochaine car nous croyons au pouvoir de l'argent.

Cette année-là nous ne sommes pas pessimistes, nous péchons par inconscience. A la fin du printemps, Nicole, Andrée et moi, décidons de monter un canular à Mademoiselle Villemier, dont l'esprit de sérieux nous exaspère. Nous lui adressons une correspondance amoureuse signée du vicomte de Morange — nous avons fait graver de superbes cartes de visite à ce nom avec l'argent de nos parents. Nous rédigeons à l'intention de la vieille fille des déclarations enflammées et lui fixons finalement un rendez-vous tout proche, place Clichy. Mue par la curiosité, elle s'y rend et nous surprend. Comment avons-nous pu l'humilier ainsi ? J'en rougis encore.

La directrice, prévenue, convoque mes parents : je vais devoir quitter le lycée à la rentrée. Elle ne veut pas sanctionner Nicole, à cause de son statut ; ni Andrée, qui risquerait de perdre sa bourse.

Mes parents admettent parfaitement son point de vue. Ils sont furieux contre moi, qu'ils expédieront à Auxerre, chez ma tante Mimi et son mari, l'oncle Louis, en « vacances punitives » : tennis, piscine, vélo. Chers parents, toujours indulgents…

La directrice comme mes parents réprouvent l'inconscience de Nicole. Mais ont-ils eux-mêmes véritablement conscience des risques qu'elle court ? Nicole porte l'étoile, comme sa mère, comme ma grand-mère, comme beaucoup de Juifs qui pensent être préservés par la légalité… Quelque temps auparavant, je me suis découpé une petite étoile jaune sur laquelle j'ai inscrit J3, le numéro de ma carte d'alimentation. A mon retour de l'école, je me suis fait copieusement gronder. Comment, aujourd'hui, reprocherais-je à Nicole son imprudence quand moi-même…

Nicole n'est pas plus ni moins coupable que moi de nos frasques, et ni l'une ni l'autre nous n'acceptons cette différence de statut. Elle me l'écrit à Auxerre, en cet été 1942 où ses conditions de vie se détériorent : téléphone coupé, une seule heure autorisée pour les achats, de 15 heures à 16 heures. La même année sans doute, l'opticien Lissac affiche sur ses vitrines : « Lissac n'est pas Isaac. »

Ma mère, scandalisée, boycotte le magasin.

Nicole en parle comme si elle n'était pas concernée : elle plaint les pauvres Juifs… Rassurée sur la santé de son père, toujours à Drancy où le commissaire gérant de ses biens l'a trouvé en pleine forme, elle vit, cloîtrée, au 2, square de Tocqueville. Elle travaille un peu, au nom de la belle résolution que nous avons prise toutes deux, s'attache à la conjugaison du verbe grec ὕω, et lit tout ce qu'elle peut lire, du *Siècle de Louis XIV* de Voltaire, de *Jean-Christophe* de Romain Rolland, aux romans de Wells. Ses lettres, nombreuses, traduisent notre très grande complicité. Enfermée avec sa mère qui lui interdit les sorties solitaires, elle se rapproche d'elle. Elle m'écrit le 31 juillet 1942 :

« Nous nous barbons de compagnies, nous goûtons ensemble et faisons nos courses en même temps. Elle est très gentille et je le lui rends. Parfaitement ! Elle m'a fait faire une jupe en lin écru toute plissée, une robe bleue à pois rouges très jolie et vient de m'acheter une robe de chambre bordeaux imprimée, très jolie également, à mon humble avis, qu'elle m'a fait faire chez Charvy. Je suis donc continuellement dans les essayages. Ce qui me passe le temps. »

Elle nourrit toujours l'espoir — lointain — du rendez-vous du 2 janvier 1950 et ajoute en post-scriptum : *« Serons-nous vivantes le 2 janvier 1950 ? »*

En son dernier été de vie, Nicole a-t-elle un pressentiment ?

D'Auxerre, j'ai rapporté tous ces

petits mots, marques d'affection, signes d'un appel – les derniers.

« J'ai un cafard terrible. Faisons un pacte : ne jamais parler cafard. Ce sont des choses qu'on garde pour soi. D'après ma lettre, tu vas croire que je suis folle. Avoue qu'il y a de quoi. Toute la journée, en face d'un livre, sans sortir, sans rien faire et la perspective d'un mois 1/2 comme ça !

A bientôt (souligné trois fois) »

Et en travers :

« Il est coupé, le téléphone. Tant pis !!! »

(Sans date)

Je ne suis pas sûre d'avoir alors perçu le désespoir des messages de Nicole. Après mon séjour à Auxerre, mes parents m'expédièrent à Triel, avec mon frère et ma sœur, chez nos amis fermiers, les Darin, et je ne revis Nicole qu'à la rentrée pour bien peu de temps. Le lycée Victor-Duruy, aux Invalides, m'éloignait d'elle.

Le 2 janvier 1950, Nicole est morte depuis six ans. Absorbée par mon désir de changer le monde, je n'y pense plus. La révolution dont je rêve obscurcit ma vue. Le mal, dépassé, ne m'intéresse plus. J'ose écrire « dépassé ». A l'époque je le pense.

La disparition de Nicole et de sa mère s'inscrit dans la tragédie juive qui jette un voile sur notre bonheur familial ces années-là. Début 1943, mes parents jugent prudent de faire partir mes grands-parents en zone sud où, en effet, ils ne seront pas inquiétés. Ils organisent leur départ avec un passeur. Munis de faux actes de donation dont le papier trop blanc trahit l'âge, ils vont essayer de sauver le contenu de l'appartement de Neuilly. Avec la complicité de Monsieur Tailleur, déménageur dont Papa soigne les enfants, ils transfèrent les meubles et différents objets dans un dépôt protégé – des biens qu'après la guerre ils ne récupéreront pas. Mon frère et moi participons à l'opération avec un grand jeune homme qui nous avoue appartenir à la Résistance. Quelques jours après, mon père est convoqué dans un immeuble neuf, à l'angle du boulevard Malesherbes et du boulevard de Courcelles, par un service allemand qui a eu vent du déménagement. La veille, nous avons

passé la nuit à exposer l'acte de donation à la lune dans l'espoir, absurde et
vain, qu'il acquière une patine. Le
lendemain à midi, mon père revient,
blême. « Jamais, nous dit-il, je ne me
suis senti aussi humilié. » Et il nous
raconte : reçu par un officier allemand
très courtois, qui lui reproche d'avoir
soustrait des biens juifs (la concierge
de Neuilly nous avait dénoncés), mon
père s'étonne : « Mais mon capitaine, je
ne comprends pas vos motivations :
en France, depuis l'affaire Dreyfus, il
n'y a plus de "problème juif", l'antisémitisme a disparu. » « Vraiment ? »
répond l'officier, et il ouvre une grande
armoire où sont empilées enveloppes et
cartes : « Si j'en juge par le nombre de
dénonciations qui nous sont adressées,
l'affaire n'est pas close. » Mon père
baisse les yeux, bouleversé.

Cet honnête homme ne pensait pas que ses compatriotes étaient capables de tant d'ignominie. Il ignorait le mal et respectait la tradition humaniste de son pays. Je n'oublierai jamais le désespoir de ce grand naïf. Comme Monsieur Alexandre, le père de Nicole, il était porté par l'optimisme, protégé par une vision lumineuse de la France, aveuglé. Et pourtant : à l'automne 1941, on organise à Paris une exposition sur les Juifs ; mon père veut nous y emmener, mon frère et moi, pour nourrir notre haine du racisme. Ma mère s'y oppose, par superstition, je suppose.

Avons-nous été, nous Français, les complices actifs de la Shoah ? Certains dénoncent par esprit de vengeance, par cupidité, ou par pure méchanceté. Des policiers français procèdent aux arrestations, qui plus tard se verront décerner la fourragère rouge pour leur action en faveur de la libération de Paris. Le camp de Drancy est gardé par des gendarmes. De hauts fonctionnaires français, en zone libre aussi bien qu'en zone occupée, ordonnent des déportations. Et ces journalistes, ces publicitaires qui appellent à l'extermination des Juifs. Crime il y eut, avec la bénédiction plus ou moins feutrée d'une partie de l'épiscopat français. Et l'antisémitisme chrétien demeure une réalité qui pollue les âmes, entre 1940 et 1945. Je voudrais être sûre qu'à la veille de l'an 2000, il a été éradiqué…

Tous ces crimes, petits et grands (mais y a-t-il alors de petits crimes ?),

doivent-ils nous faire oublier le dé-
vouement et le courage des autres ?

Les procès ont éclairé pour moi ce
que j'avais vécu sans bien comprendre.
Malgré tout, je ne suis pas sûre d'ap-
prouver les grandes machineries judi-
ciaires qui désignent les responsables
français des crimes contre l'humanité.
Outre qu'une prescription devrait jouer
plus de cinquante ans après. Papon a-
t-il cru qu'en obéissant aux ordres de
l'occupant, il permettait d'éviter le
pire au reste de la population ? J'ai le
plus profond mépris pour ce « petit »
fonctionnaire capable de calculs sor-
dides, mais je comprends également
les dirigeants de la Résistance comme
mon mari, Charles Verny, qui furent
hostiles à son procès, ou le général de
Gaulle qui le garda si longtemps au
service de l'Etat. Les hommes qui ont

survécu ne sont pas pour les uns des saints, pour les autres des monstres. Toute créature mérite notre pitié. En dehors des mesures d'urgence qu'impliquait l'immédiate après-guerre, la sagesse cynique de De Gaulle au moment de l'épuration traduit un profond réalisme ; je songe au procès des « malgré-nous », ces Alsaciens enrôlés de force par les nazis. Ils n'ont pas résisté, mais après tout, si l'on considère l'ensemble de la population française, rares furent les résistants.

La guerre va s'achever. Ma mère, mon frère et moi, nous rendons visite dans le Sud-Est à mes grands-parents qui survivent – mon oncle François a été arrêté mais relâché peu après, sans que fût découverte sa judaïté. En ce mois de mai 1944, rue de Naples, nous hébergeons une jeune femme juive, parente de Gabriel Timmory, Micheline May. Cette sotte, âgée d'à peine dix-huit ans, épouvante ma mère avec qui elle marche près du Cercle militaire, place Saint-Augustin, en tirant la langue à un officier allemand. Grâce à Dieu, aux circonstances (les Allemands sont sur le départ), et à l'habileté de Maman, l'incident n'aura pas de suite.

Après la libération de Paris, beaucoup de familles juives reviennent, généralement décimées. Notre ami Marcel Schnerb, déporté, n'est jamais revenu, son fils aîné, Jacques, a été tué dans les Alpes. Nous retrouvons, dans leur appartement de l'avenue de Villiers, Yvonne Schnerb et ses trois filles. Yvonne, qui n'a jamais travaillé, doit subvenir aux besoins de la famille et reprend le magasin de son mari. En 1945, ses jumelles, Colette et Nicole, mes contemporaines, préparent avec moi le bachot de philosophie sous la houlette d'Henri Dreyfus Le Foyer, professeur de philosophie et frère du meilleur ami de ma mère. Et mon père va s'efforcer, dans les années suivantes, d'exercer une tutelle bienveillante auprès de Claude, la plus jeune des filles, comme il s'y était engagé devant son père. Les Schnerb font dorénavant partie de la famille. Claude devient ma seconde petite sœur.

Malgré la libération des camps, ce n'est pas la Shoah qui occupe les conversations. Du reste, nous ne découvrons l'horreur que très progressivement. Toute l'attention va aux résistants, aux héros nationaux. Et lorsqu'on évoque l'armoire aux dénonciations, c'est l'infamie de la collaboration qui surgit, pas celle des chambres à gaz. Comme si le lien n'existait pas.

En 1945, je vais au Lutetia, en quête de Nicole : j'y trouve un grand désordre, des êtres cadavériques. Je m'enfuis. Je n'y retournerai pas.

La défaite de l'Allemagne nazie en 1945, suivie de près par celle du Japon, ne marque pas seulement la victoire des forces démocratiques. L'U.R.S.S. est parmi les vainqueurs et suscite un peu partout l'espoir d'une révolution pacifique. Comme des millions de gens plus ou moins jeunes, je suis gagnée à l'idéal communiste. Je ne veux plus de victimes innocentes. La guerre est condamnée, comme le racisme. Les hommes ont, tous, le droit de vivre, quelle que soit leur couleur, leur appartenance à une communauté. Je me rappelle une conférence de Monsieur Rivet, professeur au Collège de France, proscrivant le mot race de notre vocabulaire. Quand viendra la guerre d'Algérie, nous garderons ces leçons en tête.

Valeurs racistes aujourd'hui taboues. En droit, Nicole n'est pas morte pour rien.

II

Moi, Françoise Delthil, je suis vivante, bien vivante : élève de l'Ecole normale supérieure, membre du Parti communiste, j'espère en l'humanité, je veux croire qu'une tragédie est désormais impossible.

Nicole est probablement morte six ans auparavant. Déportée depuis Drancy par le convoi 62 du 20 novembre 1943 avec sa mère, elle refuse de se séparer de celle qui, vu son état de faiblesse, est immédiatement sélectionnée pour être gazée.

Je regarde le portrait de Nicole sur la photo de classe de 5ᵉ qu'Arlette Delagrange, l'une de nos condisciples, a donnée au comité *Yad Vashem*. Engoncée dans sa blouse beige, elle dresse sa petite tête ironique, le regard perçant derrière ses lunettes. Ses longs cheveux châtains encadrent sagement son visage. Elle domine Marie-Jeanne Aucouturier, le professeur bien-aimé, paisiblement assise au premier rang devant elle. Je suis perdue au fond, entre des figures désormais inconnues. Je ne dis rien. Je ne sais rien : dans quelques mois Nicole aura disparu définitivement sans que je le croie.

Il y a quelque temps, mon fils me rapporte fièrement le portrait de Nicole et les coordonnées d'Arlette Delagrange, grâce à laquelle subsiste l'image de l'amie bien-aimée. Il m'oblige à l'appeler, à prendre rendez-vous avec elle. Le contact est décevant quoiqu'elle me remette la photo de classe de 5ᵉ. Nous n'avons rien à nous dire. Notre passé commun est si lointain… et si creux. Le souvenir de Nicole ne peut l'enrichir que superficiellement.

Ce souvenir est aujourd'hui entaché de remords. Nicole avait une cousine germaine qu'elle aimait tendrement, de trois à quatre ans son aînée, et dont j'étais jalouse, Simone, arrêtée avec sa mère en même temps que ses parentes.

En 1945, à la fin de la guerre, je rencontre dans un bar une femme dont le mari a exercé des fonctions importantes au camp de Drancy. Cette femme, très liée avec le docteur et Madame P., grands amis de mes parents, présents ce jour-là, évoque la liaison de son mari avec Simone, au cours de sa détention ; un temps, il sauve la jeune femme et sa mère de la déportation.

Je ne sais ce que furent les rapports de Simone avec ce monsieur. Je m'en tins aux dires de cette dame. J'imaginais Simone vivante mais ne cherchais pas à m'en assurer. Bien au contraire : lorsqu'une fois, j'aperçus sur une plaque de marbre au bas d'un immeuble l'inscription « Maître Simone X., avocat », je fuis, tôt convaincue de la banalité du nom. Ce n'était certainement pas elle, je n'ai pas tenu à m'en assurer. Pour moi, elle survivait à sa cousine qu'elle avait abandonnée. Je ne voulais plus la voir : je la condamnais à mort.

Grâce à l'inquiète diligence de mon fils, je viens d'apprendre que Simone a été déportée à Auschwitz le 27 mars 1944 par le convoi 700 et qu'elle n'en est pas revenue.

L'homme est lui aussi déporté.

Pendant un demi-siècle, j'ai trahi Nicole dans l'être qui lui était cher. J'ai choisi un petit roman-feuilleton imbécile au lieu de regarder la tragédie dans son ensemble. Par jalousie. Par jalousie à l'égard d'une morte. J'ai annihilé Simone et Nicole. Cette dernière par la première.

Mon fils, Jean-Pierre, s'est mis au service de cette quête de Nicole. Il l'a initiée. Par tendresse pour moi. Par goût de la précision historique. Pourquoi n'avais-je jamais examiné mes photos de classe? Je craignais de retrouver Nicole. J'avais enfoui la moindre de ses traces et l'avais oubliée. Et voilà qu'aujourd'hui, je m'oblige à suivre son calvaire.

Jean-Pierre m'a remis le rapport précis, tenu par les Allemands, sur le convoi 62, parti le 20 novembre 1943 de Drancy vers Auschwitz, avec à son bord 1 200 Juifs. Eichmann a donné son accord à Röthke, l'informant qu'un commando d'escorte partirait le 19 novembre de Strasbourg. Dix-neuf évasions se produisent au cours du trajet, dont celle de Jean Cahen Salvador, conseiller d'Etat.

A l'arrivée à Auschwitz, 245 hommes et 45 femmes sont sélectionnés. Les autres, 814 déportés, sont aussitôt gazés. En 1945, restent 29 survivants dont deux femmes. La plupart des numéros portent quatre chiffres : Eva

Ab Berk, la première sur la liste, n° 7347, Ida Aberstuif, la deuxième, n° 7253. Madame Alexandre, Hélène, née le 10.6.1900, sans profession, et sa fille Nicole, née le 25.2.1928, étudiante, figurent sur la liste de départ, avec les numéros 75 et 76, leurs numéros d'arrivée à Drancy.

Nicole et sa mère étaient restées plus d'un an à Drancy. Et Simone, déportée par le convoi 70 du 27 mars 1944, deux ans. A moins que Simone n'ait été arrêtée plus tardivement que ses parentes, mais je ne le crois pas.

Le seul petit mot que j'ai reçu de Nicole à Drancy date du 27 février 1943, *« après trois mois d'internement »*. Elle ne me dit rien de ses souffrances. On dirait qu'elle cherche à me rassurer, se montre égale à elle-même, intellectuelle, passionnée par la lecture de *La Reine morte* de Montherlant ou de *Nêne* d'Ernest Pérochon, prix Goncourt en 1920. Mais elle quête si avidement des nouvelles de la vie parisienne que je la devine malade de solitude. Elle crève de son isolement.

Ma Nicole me rappelle à tous ceux que nous fréquentions, jusqu'à Madame Autargeau qui tenait la librairie du lycée. Elle se raccroche à eux.

« Ma chère vieille Françoise,
Excuse-moi après 3 mois d'internement de n'avoir pas encore écrit. Mais c'est difficile. Nous avons toujours quelques chose à demander à Alberte. Pendant que j'en suis à ces questions, tu recevras dans cette lettre des étiquettes. Pourrais-tu être assez gentille pour les apporter aussitôt à Alberte car sans ça je ne pourrais pas recevoir de colis. Ceci dit parlons d'autre

chose. Ne crois pas que nous soyons enfermés dans une chambre et que nous soyons affamés. On a à Drancy une grande liberté et on n'est même pas obligé d'être rentré à 8h ! J'étudie un peu mais ça ne vaut pas les cours de Jules Ferry que je regrette, je te le jure.

A propos donne le bonjour de ma part à ces bonnes vieilles 3ᵉ A et à leurs profs, si tu veux. Je travaille aussi à aider au camp les vieux étrangers arrivés il y a 15 jours. A propos la mère de Suzanne Resnik est au camp. C'est en faisant sa fiche au bureau que je m'en suis aperçue. C'est une femme très, très gentille. Qu'est-ce que tu fais ? Tu travailles bien ? Que lis-tu en ce moment ? Moi j'ai lu la première partie de L'Idiot (Dostoewski, ne fais pas attention à l'orthographe) et je vais lire la Reine morte de Montherlant. J'ai lu aussi Nêne de Perochon. On peut recevoir un livre par colis de linge, dis-le à Alberte please. Donne-moi des nouvelles de tout le monde, de tes parents, de ton frère, de mes camarades, des pièces de théâtre que tu vois, des livres que tu lis. Enfin de tout et de tout le monde. Mille baisers. Nicole. Mes amitiés à ton frère. Mes respects à tes parents. Excuse-moi de ne pas t'avoir écrit au début pour te remercier de ce que tu […] ? Si tu vas chez Autargeau, dis leur que je pense à eux. »

Ma Nicole, désespérée qui cache si mal son désespoir. Elle lance un appel à l'aide. Elle évoque des absents qui resteront absents. Elle le devine. Elle le sent. Elle invite à des obsèques non solennelles tous ceux qu'elle aimait bien…

Adieu, Nicole. J'ai aimé d'autres êtres après toi, je ne crois pas que la disparition d'aucun, pas même celle de Françoise Sigwalt, m'ait marquée autant que cette tragédie, mondiale et intime.

Mondiale et intime : jamais je n'ai souffert aussi durablement et douloureusement de l'Histoire. La guerre d'Algérie ne m'a atteinte qu'intellectuellement. Avec Nicole, je suis touchée dans ma chair, juive avec elle. Je n'ai pas résisté aux forces nazies. J'ai enduré l'antisémitisme meurtrier à travers celle qui m'était chère. Comment pourrai-je jamais pardonner aux Allemands leur complicité dans l'assassinat de ma petite martyre ? Hitler et ses S.S. ne furent pas seuls coupables. L'exposition itinérante «Crimes de la Wehrmacht, 1941-1944» qui a circulé à Sarrebruck, à Cologne, à Hambourg au début de l'an 2000, le prouve. Je garde à jamais à l'esprit et au cœur la photographie de ce jeune blond, torse nu, hilare, qui tient le rabbin à qui on coupe la barbe. Il n'assassine pas, il méprise, il nie.

Ma Nicole croit n'avoir aucun rapport avec ce vieillard humilié. Elle paiera de sa vie son appartenance à la même race. J'emploie le mot que j'abhorre : le mot race auquel furent sacrifiés des millions d'innocents. Le jeune Allemand hilare le savait-il ?

En cet été 1942, son dernier été de liberté (elle est arrêtée en novembre), Nicole ne sait rien ou ne veut rien savoir.

Sa mère lui interdit pourtant de sortir, par peur des rafles — sans doute se réjouit-elle de pouvoir, en août, s'échapper quelques jours à Cognac, en Charente, où elle se livre à de folles parties de bicyclette avec son cousin. Enfermée dans son appartement parisien, elle a pour seule occupation la lecture et s'ennuie. Elle s'étonne que je me plaigne. Le 28 juillet, elle m'écrit :

« Comment peux-tu te barber quand tu peux faire du tennis, de la natation et du vélo ? »

Elle ajoute — est-ce une plaisanterie ? — :

« Il est vrai que je ne suis pas avec toi !!! »

Elle me raconte comme une expédition réussie sa course au lycée pour aller chercher sa blouse beige, et son incursion chez la libraire du lycée, Madame Autargeau.

Rassurée sur l'état physique et moral de son père auquel le commissaire gérant de leurs biens a rendu visite à Drancy, cet été-là, Nicole n'exprime aucune inquiétude. Elle a le cafard, comme sa mère, avec elle. Elle rejette toute alarme, mais en relisant aujourd'hui ces lettres, j'ai le sentiment que l'angoisse l'habite :

« Que lis-tu ? Que fais-tu ?
Ecris-moi car je me barbe
N'oublie pas le 2 janvier 1950, midi ou deux heures ? »
(Sans date)

2 janvier 1950… Nicole espère en l'avenir, ou veut espérer en lui. La date est si lointaine !

Elle trouve une paix provisoire dans ses rapports avec sa mère et dans ses sages résolutions scolaires. L'état de son père étant excellent, elle n'a que des raisons de reprendre courage. Elle tient à me l'écrire, veut me prouver qu'elle n'a pas perdu sa confiance en la vie.

Sur la photo de 5ᵉ, Nicole me regarde avec son petit air gentil en même temps que railleur... Pense-t-elle que je vais la croire ? Ou ne pas la croire ? Son optimisme résolu correspond-il à une conviction profonde ou à une volonté de se persuader ? La lettre du 31 juillet 1942 respire la liberté d'esprit, entre l'éloge de Mazarin et la description des emplettes vestimentaires en compagnie de sa mère.

Ma Nicole, je t'admire autant que je t'aime : à quinze ans à peine, tu te comportes comme une grande bonne femme. Sage et spirituelle. Sans pleur ni soupir.

Je ne parviens pas même à glisser une invocation à Dieu dans cette tragédie. C'est entendu : je n'avais pas alors la foi mais je l'aurais perdue, me semble-t-il, si je l'avais eue. En 1945, lorsque je deviens croyante, je ne porte pas le deuil de Nicole, que j'ai rayée de ma mémoire, et je suis riche de mon espoir pour l'humanité. Le mal, je l'ai exclu avec les nazis, les Allemands. Je l'abhorre mais le juge condamné. L'abomination qui nourrit mon horreur ne m'implique pas. Je ne peux, certes, pas être jugée responsable ; pourtant mon silence vaut complicité. Il m'a fallu près de vingt ans et le petit épisode agaçant de ce journaliste pour que j'explose, que je hurle ma révolte contre l'antisémitisme qui avait anéanti Nicole.

En lisant aujourd'hui le journal du ghetto de Varsovie de Hillel Seidman, je réalise que non seulement le peuple de Pologne était complice, mais que les Alliés savaient.

Nicole ne se croyait pas juive. Elle ne l'était pas, et l'aurait-elle été? Elle ne méritait aucune condamnation. Vouée à la mort. Sans le savoir. Ou peut-être... *« Serons-nous vivantes le 2 janvier 1950 ? »*

Quand Nicole a-t-elle vu la mort?

Dans le train qui les emmenait à Auschwitz?

Lorsqu'elle a suivi sa mère à leur arrivée, pressentait-elle qu'elle précipitait sa fin?

Je comprends que certains Allemands ne résistent pas à la tentation de l'oubli. Ceux qui, adultes aujourd'hui, exercent des responsabilités, n'ont pas participé à l'holocauste d'alors. Il ne reste que les vieillards pour témoigner de l'horreur. Et cependant, nul ne peut effacer le passé, sous peine d'être amené à commettre de nouveaux crimes. « Seule une mémoire vivante tient l'homme en état de parole », enseigne le Talmud.

La mort de Nicole n'est pas inutile si elle prévient d'autres massacres. Mais je ne m'en console pas, d'autant que je demeure sceptique : le mal ne cesse de triompher, dans l'indifférence générale.

La prière offre-t-elle le salut à toutes les victimes ? Je veux l'espérer. Et cependant, je ne parviens pas à prier pour ces millions d'êtres humains, réduits à des tas de cendre. Parce que mon imagination, ma raison les rejettent.

J'ai vécu deux ans avec Nicole. Si j'ai oublié sa mère, un peu effacée, je me rappelle bien son père. Je ne sais si Nicole et lui se sont revus à Drancy, avant sa déportation. Elle ne me parle pas de lui dans le petit mot écrit en février 1943. Elle ne me parle d'aucun des siens. Le père et la fille se sont-ils croisés une dernière fois ? Si cette rencontre a eu lieu, elle ne me l'aura sans doute pas écrit, de peur de ternir l'image qu'elle souhaitait me donner : celle de la jeune intellectuelle assoiffée de lectures, de savoir. Peut-être craignait-elle de livrer des confidences personnelles qui auraient nui à l'intéressé. D'ailleurs, pouvait-elle s'exprimer librement ?

Elle quête auprès de moi un peu d'air, l'air du dehors, l'air de nos rêves d'adolescentes.

Fidèle à nous quand la tragédie l'emporte loin de nous, de notre enfance, vers la mort.

« Serons-nous vivantes ? »

Elle pensait donc à la mort. Quand l'espoir de vivre l'a-t-il abandonnée ? Je ne le saurai jamais. Dans la chambre à gaz l'agonie dure, paraît-il, quinze minutes. Atrocement courtes, interminablement longues.

Je ne crois pas que Nicole ait choisi d'être le « cœur pensant de tout un camp de concentration » comme Etty Hillesum, la jeune Hollandaise évoquée par Sylvie Germain.

Je ne comprends pas cette femme

qui semble accepter son destin sans révolte. Je l'admire. Je voudrais qu'elle rejette l'horreur. Peut-on en même temps accepter et refuser ?

Je ne saurais trancher, installée dans mon petit bureau confortable, face au ciel. Je n'ai pas connu les épreuves redoutables de Nicole et d'Etty. Je les aurais sans doute endurées sans courage, sans confiance. Je n'aurais sûrement pas su écouter Dieu dans la détresse absolue.

Je pense à Nicole.

Je pense aussi à Elisabeth Gille, morte d'un cancer et dont la mère, Irène Némirovsky, disparut à Auschwitz.

Je ne supporte pas la souffrance, ni celle des autres, ni la mienne, encore moins la mienne. Mon Dieu, donnez-moi la force d'endurer les épreuves

qu'il vous plaira de m'envoyer. Je
voudrais pouvoir à la fois assumer ma
révolte et consentir au choix de Dieu.

Vivante le 2 janvier 1950. Vivante cinquante ans après et plus. Entourée des vivants et des morts. Les morts ne sont-ils pas vivants ?

Malgré leur longue absence, mes parents me demeurent très proches. Ma mère, ambitieuse, avide du monde comme je le suis. Mon père dont j'ai hérité le goût de l'absolu et l'amour du passé. Mon petit frère, trop tôt disparu, qui fut le compagnon souvent émerveillé, discret, de mes jeunes années.

En date, Nicole fut ma première amie. Celle qui me fit oublier toutes les compagnes qui la précédèrent. Même orgueil, même ambition : nous nous croyions appelées à occuper de hautes fonctions dans la France de l'avenir. Notre passion pour la lecture avait pour objectif déclaré la découverte d'un monde à conquérir. Un monde qui nous paraissait bon à prendre alors qu'il se préparait à engloutir Nicole. Il m'a fallu des années après sa disparition pour comprendre que nous avions été des gamines prétentieuses, ignorantes de l'Histoire — nous voulions refaire le monde, il l'a broyée. Je me suis écartée d'elle, je l'ai éliminée dès sa disparition, parce que je savais qu'elle ne reviendrait plus. Françoise Sigwalt et Claire Schiff ont remplacé Nicole dans mon cœur et ma vie.

Des années plus tard, j'ai retrouvé

Nicole tapie dans mon âme, et je pense que je n'ai plus le droit de l'abandonner.

Nicole, mon enfance coupable. Aurais-je la force de reprendre la rue de Tocqueville jusqu'au square?

La rue est longue, plate, riche en croisements et en décrochements. Dans mes rêves, après la rencontre avec le chemin de fer, elle grimpe vers le square. Le calvaire.

Je crois me souvenir, sans en être assurée, que Nicole habitait au 4e étage. Comme moi.

Je n'ose plus reprendre cette route de peur de ne pas retrouver mes fantômes, mon fantôme, celui de Nicole. Près de soixante ans après, le pèlerinage a perdu tout sens. Si elle vit toujours, la concierge de l'époque a près de quatre-vingt-dix ans. D'ailleurs, aurait-elle le moindre souvenir de Nicole et de sa mère ? Mes rencontres avec Arlette Delagrange me laissent sceptique sur ce point. Les tragédies ne laissent que des traces, imperceptibles à celui qui a poursuivi son existence. Pourrions-nous subsister si nous n'effacions l'insoutenable ? Charles, mon mari, avait été déporté à Buchenwald : lorsque je l'ai connu en 1955, c'était un passé dont il ne voulait plus entendre parler. Il est des lieux qui semblent inatteignables.

Moi-même, je passe mon temps à rayer Nicole. Nicole que je n'ai pas retrouvée, même si une blessure, légère, saigne toujours en moi. Je n'écris ce livre que pour léguer témoi-

gnage de cette rencontre avec la vie
et la mort.

Ma foi ne m'a pas soutenue, pas
éclairée. J'admire Etty Hillesum qui,
au fond des ténèbres, chante le Credo.
J'admire ce Juif qui passe toutes les
années de guerre caché dans une cave
à Cologne et qui écrit sur l'un des
murs du cachot :

« Je crois au soleil même quand il ne
    brille pas
Je crois à l'amour, même quand il ne
    m'entoure pas
Je crois en Dieu même quand il se tait. »

Qu'importe ma petite âme – Nicole
et les siens ont disparu. Son père, sa

mère, sa tante, sa cousine germaine :
une famille comme tant d'autres.

Pour que Nicole et les siens soient
sinon vengés, du moins apaisés, il eût
fallu que la violence fût à jamais pros-
crite. Le recours à la force trouve toujours sa justification. Le mal corrompt
les rapports humains. On veut espérer
que les règles de solidarité commune
le limitent, on ne saurait l'exclure.

Nous avons un combat à mener
contre la haine : pour cela il faut
chasser la peur. Quand mon pro-
chain me devient lointain, absolument, je serais prête à l'écarter si mon
impuissance, ma prudence ne m'en
empêchaient. Je suis pleutre plus que
je ne suis bonne. Je crains trop mes
frères pour les aimer. Les élus de
mon cœur ne sont ni nombreux, ni
certains.

Allemande sous Hitler, aurais-je succombé à la propagande nazie? Je l'ignore. Peut-être l'aurais-je combattue? Je n'en suis pas assurée.

Je ne comprends pas le silence de Dieu devant l'atroce. Je le supporte mal. Je reconnais ma peur de la souffrance, ma lâcheté. Je ne saurais offrir ce que je n'accepte pas.

Quand je pense à Nicole, je ne suis plus sûre de croire en Dieu. Indigne de Lui. J'appréhende la souffrance parce qu'elle me réduit à elle. Je redoute la mort parce qu'elle me ramène au néant. Je veux conscience, bonheur, réussite. Je rejette tout ce qui est de l'ordre du malheur.

Si j'ai encore peur, terriblement peur de Lui, je ne crois plus à Son amour. Depuis qu'elle a resurgi, Nicole m'en a privé.

Le retrouverai-je un jour ? Un jour proche, car je sais être mortelle et ne veux pas manquer Dieu en mon heure dernière. J'espère qu'Il me pardonnera mon abandon, en raison d'une fidélité très ancienne, si pauvre fût-elle. J'implore Sa miséricorde.

F.V.
4 octobre 2000
En la fête de François d'Assise

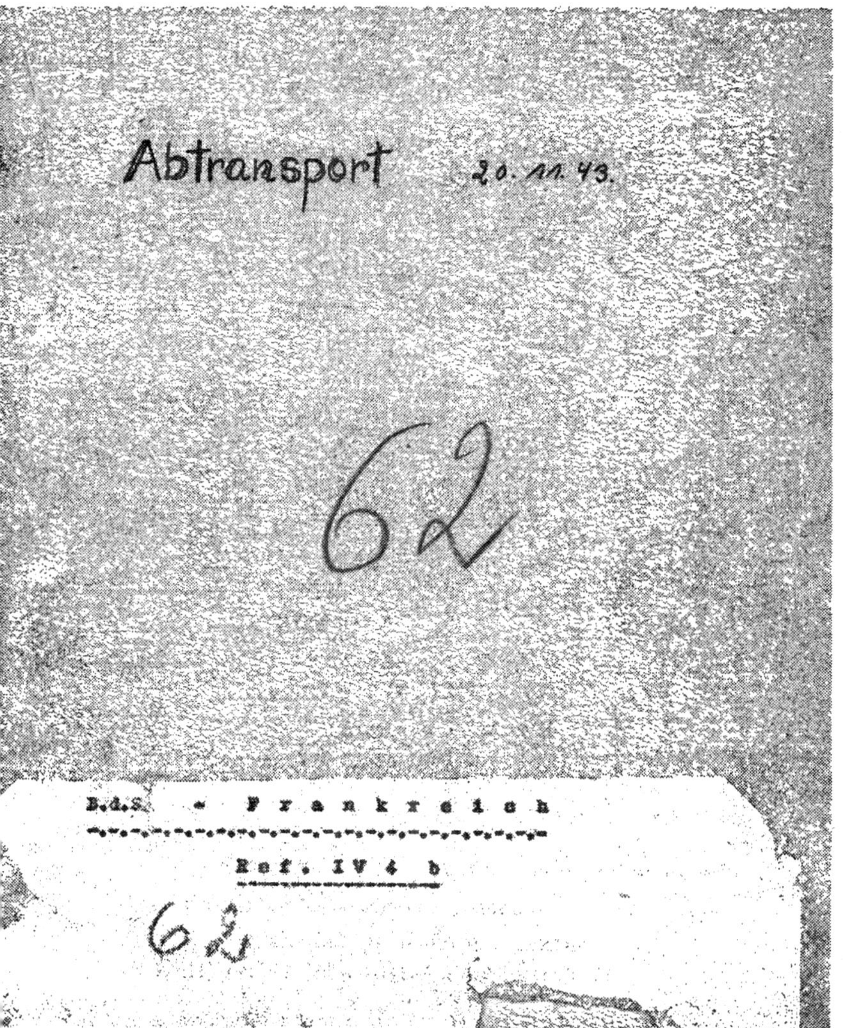

Source : Archives du CDJC/Mémorial de la Shoah

Der Befehlshaber der Sicherheitspolizei und des SD

Im Bereich des Militärbefehlshabers in Frankreich
Nachrichten - Uebermittlung

Aufgenommen				Befördert				Raum für Eingangsstempel
Tag	Monat	Jahr	Zeit	Tag	Monat	Jahr	Zeit	
von		durch		20 Nove 1943 an		durch		
				Verzögerungsvermerk				
Nr. 87474								

Telegramm — Funkspruch — Fernschreiben · Fernsprech

IV B - BdS -
RS./Ra.

Paris, den 20. November 1943

Dringend!
Sofort vorlegen!

1. Fernschreiben.

1. An das
Reichssicherheitshauptamt
Referat IV B 4
z.Hdn. von ϟ-Obersturmbannführer Eichmann o.V.i.A.

Berlin

2. An den Inspekteur
der Konzentrationslager

Oranienburg

3. An das
Konzentrationslager

Auschwitz

z.Hdn. ϟ-Obersturmbannführer Hoess.

am 20.11.1943 um 11,50 Uhr hat Transportzug B 901 den Abgangsbahnhof Bobigny in Richtung Auschwitz mit insgesamt 1200 Juden verlassen.

1	AB Berk Eva	27. 9.87	Kaufmann	7347
2	ABERSTHUF Ida	26. 7.28	Arbeiterin	7255
3	ABRAHAM Clémentine	20. 6.86	Ohne	7564
4	ABRAHAM Gilbert	13. 5.20	Vertreter	7607
5	ABRAHAMS Alexandre	14. 9.43	Ohne	4910
6	ABRAHAMS Isidore	16. 1.41	Ohne	5
7	ABRAHAMS Via	27. 3.08	Ohne	7
8	ABRAHAMSOHN David	31. 1.88	Angestellter	5771
9	ABRAMOVITCH Eva	23. 7.65	Ohne	8369
10	ABRAMOVITCH Paul	11.10.21	Koch	4676
11	ABRAMZYK Edouard	9.12.24	Student	6613
12	ACHACHE-ROUX Abraham	26. 2.88	Rentner	8179
13	ACQUHI Emma	1893	Ohne	8348
14	ADRIMAN Paul	11. 1.94	Arzt	59
15	ADELSHEIMER Laura	2.10.97	Ohne	7820
16	ADLER Frida	26. 4.26	Modistin	7388
17	ADLER Joseph	9.11.81	Apotheker	4886
18	ADLER Leizer	30. 8.86	Bäcker	7567
19	AKOKA Marguerite	13. 4.20	Angestellte	6123
20	AKOUN Gaston	24.11.88	Angestellter	72
21	ALEXANDER Jules	7. 6.69	Vertreter	7823
22	ALEXANDRE Thérèse	18. 1.78	Ohne	7824
23	ALEXANDRE Aline	26. 2.69	Angestellte	7890
24	ALEXANDRE Hélène	10. 6.00	Ohne	75
25	ALEXANDRE Nicole	25. 2.28	Studentin	76